TOTALEMENT CHARLI

CHARLI D'AMELIO

MON GUIDE 100 % POSITIF

CHARLI D'AMELIO

TOTALEMENT CHARLI !

bōld

POUR LA VERSION FRANÇAISE
Éditions AMPHORA, ISBN : 978 249 228 408 3
Traduction et relecture : Servane Heudiard
Mise en page : Dessine-moi un Gangster
Impression : Printcorp, Novembre 2021

POUR LA VERSION AMÉRICAINE
Library of Congress Control Number 2020943636

ISBN 978-1-4197-5232-2

Book design by Steph Stilwell

Printed and bound in U.S.A.
10 9 8 7 6 5 4 3 2 1

ABRAMS The Art of Books
195 Broadway, New York, NY 10007
abramsbooks.com

POUR LES GENS
QUI ME SOUTIENNENT

GOOD VIBES
CHARLI
DANSE

SOMMAIRE

PARTIE 1

L'ENFANCE

Tourne vite les pages pour voir Charli **DANSER !**

Je suis née et j'ai grandi dans le Connecticut. J'ai commencé la danse très jeune. Quand j'étais petite, j'étais dingue de danse : toute ma vie tournait autour de ça ! J'en étais à quarante-huit heures par semaine à l'âge de cinq ans, et j'ai fait ma première scène à trois ans. À mon tout premier « spectacle », mes lunettes de soleil se sont collées à mon costume de bonhomme de neige, et après, je n'ai plus pu bouger !

Quel est ton premier souvenir gênant ou délirant ?

LE PETIT MOT DE CHARLI

Mon anniv' est le 1er mai !

BONS 16 ANS !

J'ai vécu quasiment dans une salle de danse dès mon enfance, mais c'est parce que ça m'amusait. Ça ne fait pas longtemps que j'ai aménagé ma première salle privée à la maison ! Plus jeune, je n'avais pas vraiment de vie sociale, parce que si quelqu'un me demandait de faire autre chose que danser, j'étais du genre à dire… « non, merci ! » (D'ailleurs, comment les gens s'habillent-ils quand ils sortent dîner ? Je ne sais toujours pas. Des leggings ?)

MA MEILLEURE AMIE D'ENFANCE EST AUSSI DANSEUSE, ET LA DANSE EST VRAIMENT IMPORTANTE POUR NOTRE AMITIÉ.

DANSE DANSE DANSE

C'EST DIT !

Je m'imagine facilement danser tout le reste de ma vie. Si possible en faire mon métier, mais au moins pour le plaisir, c'est sûr.

Quand j'étais petite, j'avais un pingouin en peluche que je continue de garder avec moi. Il n'a pas de nom. Mon grand-père m'en a offert un autre, plus tard. Mon grand-père est mort quand j'avais neuf ans, et j'ai mis un des pingouins dans son cercueil. Du coup, à chaque fois qu'on me demande quel est mon animal préféré, je réponds « le pingouin ». Ça fait partie de mes choses sentimentales, et c'est un beau souvenir de mon grand-père.

DANSE

J'ai tellement de chance d'avoir ma grande sœur Dixie dans ma vie ! Nous avons traversé énormément de choses toutes les deux, et sans elle, je ne serais jamais devenue celle que je suis aujourd'hui.

À quel objet es-tu très attaché sentimentalement, et quelle est son histoire ?

LE PETIT MOT DE CHARLI

Quand j'étais enfant, j'aimais lire des romans policiers et des histoires criminelles, tirées de faits réels.

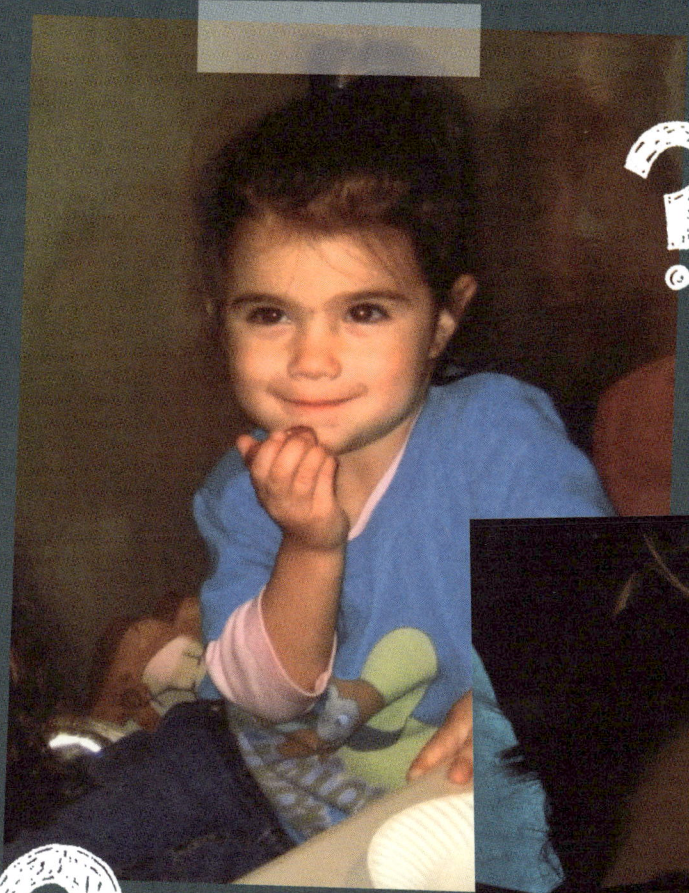

Mon grand-père était un menuisier épatant. Il était aussi architecte et a construit la maison que ma grand-mère habite encore aujourd'hui. Il m'emmenait à son atelier, et on faisait des créations en bois. Il avait aussi un bateau… mais qui n'est jamais allé sur l'eau : il est toujours resté stationné dans l'allée de sa maison. Mes cousins et moi pourrions rester assis une éternité dans ce bateau.

Juste après la mort de mon grand-père, nous avons eu Rebel, une femelle labrador chocolat. Nous l'avons appelée comme ça, parce que ça semblait prémonitoire.

Nous avons toujours eu un lien particulier, toutes les deux. J'aime les gros chiens, et je m'amuse vraiment avec Rebel. Ma famille a trois autres chiens : Cali, un Golden Retriever, Cody, un Cockapoo, et Belle, un Bichon havanais.

PUPPY LOVE

LE PETIT MOT DE CHARLI

**Jusqu'à présent,
mes déguisements
préférés pour Halloween
ont été le Juge Judy,
un Candy Corn et la fille
du film *Le Cercle*.
J'adore les films
d'horreur, et j'ai adoré
être un personnage
effrayant.**

JUDGE JUDY

PARTIE 2

L'AMITIÉ

LES VRAIS AMIS SONT CEUX QUI TE DONNENT LE SENTIMENT DE POUVOIR ÊTRE TOTALEMENT TOI-MÊME.

Certains de mes meilleurs amis me connaissaient avant que je sois sous le feu des projecteurs, et je reste aussi proche d'eux aujourd'hui qu'avant. J'ai la chance de m'être fait une tonne de nouveaux amis par la suite. Ça a été absolument génial de réunir les anciens et les nouveaux ! Mes amis récents de Los Angeles laissent des commentaires sur des posts de mes amis du Connecticut, et c'est vraiment sympa de voir ça, parce qu'ils ne se connaissent pas : je suis le seul élément commun dans leurs vies. Je suis vraiment contente que chacun commente le contenu des autres sur les réseaux sociaux : même sans se connaître, ils sont toujours solidaires, gentils et ont très envie de se rencontrer un jour « en vrai ».

C'EST DIT !

J'espère que les lecteurs de ce livre apprendront un peu à me connaître, savoir qui je suis vraiment, pas juste cette fille sur TikTok.

MES AMIS ONT TOUS DES PERSONNALITÉS TRÈS DIFFÉRENTES, MAIS JE LES AIME POUR CE QU'ILS ME FONT RESSENTIR.

À MES PROCHES TIMIDES : NE LAISSEZ PAS LES PROPOS DES AUTRES GENS VOUS ATTEINDRE.

Juste avant d'entrer en scène avec Bebe Rexha ! J'étais affreusement stressée, mais dès que je me suis retrouvée sur scène, je me suis concentrée à fond sur ma prestation et j'ai repris confiance !

AIE CONFIANCE EN CE QUE TU ES

ÇA VA LE FAIRE !

C'EST DIT !

L'une des conséquences les plus positives de m'être exposée sur les réseaux sociaux a été une confiance en moi inédite. Ce sentiment s'est d'abord exprimé au travers de mes vêtements. C'est l'un des points sur lesquels j'ai le plus évolué, car avant, je croyais que je ne pouvais pas porter tout ce dont j'avais envie. Maintenant, je ne stresse plus pour ça et j'ai confiance en moi. Je m'habille absolument comme je veux et me sens bien dans mes vêtements. Maintenant que je suis plus confiante, c'est plus facile d'aller vers les autres et de me faire des amis. Tout le monde ne t'aimera pas, et c'est tant mieux ! Il faut passer outre et travailler davantage sur toi. Ça peut prendre un certain temps, mais tout finira par se mettre bien en place !

MES MODÈLES !

Lady Gaga et Jennifer Lopez font partie de mes modèles. J'ai déjà eu la chance de rencontrer Jennifer et j'espère rencontrer Lady Gaga un jour.

Je prends exemple sur beaucoup de gens, mais surtout mes amis. Sans donner de noms ☺, voici pourquoi :

- Elle est très expansive et forte de caractère.
- Elle est du genre : « tu peux dire tout ce que tu veux sur moi, tu n'arriveras jamais à m'atteindre, parce que je ne vais pas m'abaisser à ton niveau. »
- C'est une super bosseuse, même quand c'est difficile.
- Il m'a aidée à passer beaucoup de moments difficiles.
- Peu importe ce qu'elle traverse, elle garde toujours ses priorités à l'esprit !
- Quoi qu'elle fasse, elle veille à ce que ça lui plaise.
- Il se donne à 100 % dans tout ce qu'il fait. (C'est vraiment très difficile dans l'univers des réseaux sociaux, car cette activité est très éprouvante et chronophage : elle implique de préparer beaucoup de posts et de donner de soi aux fans. Même si c'est sympa, parfois, ça donne le sentiment d'être toujours « branché » !)

BOSSEUSE

MOTIVANTE

PASSIONNÉE

Quelles qualités apprécies-tu chez tes amis ?

LE PETIT MOT DE CHARLI

Ma soirée idéale avec des amis serait juste d'aller faire un tour en voiture, manger une glace et écouter de la musique.

LE PETIT MOT DE CHARLI

Si je pouvais être la guest star d'une série télé, ce serait *American Horror Story*. C'est tellement génial! « Coven » a été ma saison préférée.

PARTIR EN VOYAGE AVEC SES MEILLEURS AMIS EST VRAIMENT TROP SYMPA !

Mon groupe d'amis ADORE partir en vacances ensemble. Le plus réussi de tous mes voyages est quand je suis allée à Hawaï avec tous mes amis. C'était tellement sympa ! Nous avions une villa rien que pour nous : ça a été extraordinaire de vivre avec mes meilleurs amis pendant une semaine. En revanche, l'endroit du monde que je préfère, ce sont les Bahamas. Nous y allions quand j'étais petite, et j'ai pu y retourner avec tous mes amis récemment et revivre des souvenirs d'enfance ! C'est marrant quand tu es plus âgée et que tu peux te balader le soir et qu'il fait bon… Hawaï, c'était davantage pour les expériences vécues. Aux Bahamas, ce sont les paysages que j'adore.

Si mes amis devaient me décrire
en trois mots, ils diraient :

ÉNERGIQUE,
AMUSANTE
(JE SUIS MARRANTE À REGARDER QUAND JE DANSE EN PUBLIC)
ET AUTHENTIQUE.

Si tes amis te décrivaient en trois mots, desquels s'agirait-il ?

J'AI APPRIS QU'IL EST VRAIMENT IMPORTANT DE REGARDER AU-DELÀ DES APPARENCES ET DE LA RÉPUTATION QUAND ON CHOISIT SES AMIS.

SORTIE ENTRE AMIS

C'EST DIT !

Rencontrer un nouvel ami t'angoisse ? Une très bonne manière de briser la glace et d'apprendre à mieux connaître quelqu'un est de te montrer curieux et de le questionner sur sa vie.

Beaucoup de mes amis actuels ne font pas partie de ceux que je fréquentais au collège. En quatrième, il y avait toutes sortes de drames dont nous rions maintenant en y repensant. Beaucoup de gens se retrouvent avec une étiquette ou sont mis dans des cases qui ne leur correspondent pas du tout. Je suis si contente d'avoir commencé à être un peu plus intelligente en apprenant à connaître les gens tels qu'ils sont vraiment. Désormais, je choisis mes amis en fonction de ce que je ressens et de la possibilité d'être totalement moi-même avec eux.
J'adore mes amis !

WHOA !

As-tu eu des amitiés surprenantes ?

AMITIÉ

CUTIES

PARTIE 3

LA MODE

J'ai grandi en portant toujours mes vêtements de danse. Aujourd'hui encore, quand je ne suis pas en legging et en sweat, c'est dans un jeans taille haute, avec un crop top que je me sens le mieux. Et j'aime toutes sortes de vestes !

Je décrirais mon style comme cool, mais chic : peu importe ce que j'ai envie de porter !

Comment décrirais-tu ton style ?

RADA
FERT

LE PETIT MOT DE CHARLI

QUAND J'AI ÉTÉ INVITÉE PAR PRADA À LA FASHION WEEK DE MILAN, J'ÉTAIS UN PEU STRESSÉE, MAIS JE ME SENTAIS SI CHANCEUSE D'ÊTRE AU MILIEU DE PERSONNES APPARTENANT À LA HAUTE COUTURE : TOUT ÇA ÉTAIT SI NOUVEAU POUR MOI !

MILAN ÉTAIT SUPER COOL !

Au départ, quand j'ai reçu l'invitation, je n'arrivais pas à y croire. Tout le monde autour de moi connaissait la mode, alors que moi, je suis juste la fille habillée en sweat et legging, qui danse pour le plaisir ! Je n'étais même jamais allée à un défilé de mode avant. Tout a été terriblement glamour pendant ce voyage : j'ai même rencontré Bella et Gigi Hadid au restaurant d'un hôtel. C'était fou !

Prada, qui m'avait habillée pour l'événement, avait parfaitement cerné mon style. Ils m'ont choisi une tenue dans laquelle je me sentais aussi bien que dans mes vêtements habituels, sauf que c'était de la haute couture. J'ai tout adoré dans cette expérience.

Je n'achète pas franchement de vêtements. Je me contente de porter tous ceux de ma grande sœur ! Je déteste faire du shopping, mais Dixie est une pro en la matière. Je n'ai pas l'énergie d'essayer des vêtements et touti quanti. Mais j'aime *vraiment* les sacs à main. Mon préféré est décoré avec des motifs astrologiques.

Actuellement, quel est ton article préféré dans ta garde-robe ?

CHARLI

PARTIE 4

EN GRANDISSANT

EN VIEILLISSANT, J'AI BEAUCOUP CHANGÉ SUR CERTAINS POINTS :

- J'ai beaucoup gagné en confiance en moi.
- J'ai été capable de faire énormément de choses incroyables.
- Je n'ai jamais été quelqu'un de super ouvert, mais maintenant, j'arrive à moins angoisser quand je rencontre des gens que je ne connais pas.
- Peu importe avec qui je suis : je suis capable de me faire des amis et de mettre tout le monde à l'aise.
- Je sais que je suis un peu décalée, mais ce n'est pas une mauvaise chose.
- Je suis en train de devenir pleinement ce que j'ai toujours été, mais n'avais jamais eu la chance d'exprimer.

CONFIANCE

OPPORTUNITÉS

GENTILLESSE

Même si j'ai pris de l'importance sur les réseaux sociaux, au fond de moi, je reste la même personne que j'ai toujours été. La différence – et je leur en suis reconnaissante – est que j'ai beaucoup plus d'opportunités. Je m'amuse tellement à essayer de nouvelles choses !

SINGULARITÉ

CONFIANCE EN SOI

J'AI APPRIS QUE LA VIE SE DÉROULAIT RAREMENT COMME ON L'AVAIT PRÉVU. PARFOIS, C'EST MÊME MIEUX !

TOUT FINIT PAR S'ARRANGER

C'EST DIT !

Parfois, j'espère que les choses vont s'organiser d'une certaine manière, et ce n'est pas le cas. Mais ce n'est pas négatif ! Même si on ne peut pas toujours contrôler précisément le résultat, généralement, tout fonctionne finalement comme il faut.

CHANGER

Qu’est-ce qui a changé chez toi au cours de ces dernières années ?

GRANDIR

J'AI TOUJOURS PENSÉ QUE POUR SAVOIR CE QU'ON AIME ET CE QU'ON VEUT DEVENIR, IL FAUT TOUT ESSAYER UNE FOIS.

C'EST DIT !

Je ne suis pas sûre de l'endroit où je voudrais être dans cinq ans. Je laisse simplement les choses se faire. En pensant à l'avenir, je dirais qu'il faut juste regarder ce qui nous rend heureux, et je m'en tiens à tout ce qui m'apporte du bonheur en ce moment. Pour l'instant, je poursuis sur la même voie, ce qui ne veut pas forcément dire les réseaux sociaux, mais faire tout ce que j'aime !

En grandissant, on continue à apprendre et découvrir qui on est. Ne te sens pas obligé de faire comme tout le monde, mais si ça te convient mieux, vas-y ! Fais-toi confiance.

TU AS LE DROIT D'ÊTRE DIFFÉRENT

C'EST DIT !

Maintenant, je poursuis ma scolarité en ligne, mais à l'école, les enseignants me décrivaient comme assidue, respectueuse et travailleuse. Tous m'aimaient vraiment bien. J'ai toujours eu de bonnes notes et m'impliquais en cours, faisais mon travail et écoutais attentivement.

SOIS HONNÊTE AVEC TOI-MÊME

Personnellement, à l'école, j'aimais faire la connaissance de personnes venant de tous les différents groupes.

Tu peux apprendre beaucoup de ceux qui ont vécu d'autres expériences que toi ou ne partagent pas tes points de vue. Sois ouvert d'esprit, ne fais pas de suppositions sur les gens et questionne-les sur eux. C'est une formidable manière de briser la glace et d'apprendre à mieux connaître quelqu'un, et parfois même de s'en faire un nouvel ami !

OUBLIE LES ÉTIQUETTES

J'AIMERAIS ENTRER À L'UNIVERSITÉ. J'IRAI SÛREMENT. ÇA DÉPEND DE CE QUE JE FERAI ET VIVRAI À CE MOMENT-LÀ. QUOI QU'IL EN SOIT, JE GARDE CETTE POSSIBILITÉ SI JE LE SOUHAITE.

T'es-tu demandé si tu souhaitais aller à l'université, ou ailleurs ?

Qu'est-ce qui te donne envie d'entrer à l'université ou de suivre une autre voie ?

DE TOUTES
LES PERSONNES
AU MONDE,
JE ME CONSIDÈRE
TOUJOURS COMME
LA PLUS
RESPONSABLE.

Le seul moment où mon activité sur les réseaux sociaux devient éprouvante est quand je veux dire aux autres comment je me sens, alors que je n'ai pas le moral mais ne veux pas le montrer. C'est l'un des aspects les plus difficiles. Mais je travaille sur moi et veille à ce que tout ce que j'exprime soit véridique, si c'est sensé !

JE NE PARLE PAS SOUVENT DE CE QUE J'AI TRAVERSÉ, MAIS J'AI CONNU DE VRAIES DIFFICULTÉS. J'AI DÛ SUIVRE UNE THÉRAPIE ET ME FAIRE AIDER POUR ÊTRE VRAIMENT BIEN MENTALEMENT.

C'EST DIT !

Quand je suis de mauvaise humeur, je me tais, c'est tout, ou je danse. Tout dépend de comment je me sens.

Je suis vraiment très anxieuse, et parfois, j'ai des crises de panique. Il m'arrive aussi de traverser des épisodes dépressifs où je n'ai envie de rien faire. Ça craint.

MAIS C'EST ÇA, LA VIE.

C'est difficile de me livrer comme ça, mais il est très important d'en parler. C'est parfois rude, pour moi, parce que quand j'essaie d'évoquer le stress lié à l'attention dont je fais maintenant l'objet, certains me répondent que je l'ai bien cherché. La vie peut être dure pour n'importe qui, quoi que l'on traverse. Je m'autorise à me sentir bien ou mal, et je fais du mieux que je peux.

T'es-tu déjà senti triste ou anxieux, et comment as-tu géré la situation ?

SOIS GENTIL AVEC TOI-MÊME

SI J'AVAIS UN SUPER POUVOIR, JE CHOISIRAIS DE REMONTER DANS LE TEMPS.

C'EST DIT !

Je remonterais dans le passé et corrigerais des petites choses regrettables que j'ai faites. Je n'aurais pas eu d'appareil dentaire transparent, ni porté des lunettes aussi épaisses ! Je ne me serais pas limitée aux quatre mêmes tenues tous les jours. Je voyagerais dans le temps à la fois dans ma propre vie et à différentes époques, mais pas trop. (J'aime l'époque actuelle.) En revanche, j'aimerais que les vêtements des années quatre-vingt reviennent ! J'ai regardé *Can't Buy Me Love* l'autre jour, et ils avaient des TENUES DE DINGUES !

LE PETIT MOT DE CHARLI

Ma chambre a été refaite pour mon anniversaire!

J'ai plein de coussins décoratifs sur mon lit. Sur mon préféré est brodé *J'ai menti : je n'aime pas la vie en plein air.* Celui-là a bien vieilli... et je déteste toujours le camping.

PARTIE 5

LES RÉSEAUX SOCIAUX

Lorsque je choisis des danses à mettre en ligne, c'est *toujours* improvisé à 100 % ! Je choisis au hasard. L'ambiance dépend aussi de mon humeur ce jour-là. Toutes les danses que je poste sur TikTok sont vraiment amusantes et simples, pour l'essentiel. Je sais que tu peux les apprendre aussi. ☺

EN COULISSES

TERRIBLE !

CONSEILS POUR PUBLIER SUR LES RÉSEAUX SOCIAUX :

- ✶ Sois spontané ! Sens-toi à l'aise !
- ✶ Poste simplement ce que tu aimes, pas juste dans le but de gagner des followers.
- ✶ Ne publie rien qui dénigre même juste un peu quelqu'un d'autre.
- ✶ Ne révèle pas tout de toi : certaines parties de ta vie doivent rester privées.
- ✶ Si tu publies ce qui te rend heureux, tu n'auras pas besoin de t'embêter à essayer de jouer un rôle.
- ✶ Tes vêtements expriment aussi ta personnalité, donc porte des habits dans lesquels tu te sens bien.
- ✶ Publie des photos que tu aimes, même si elles ne sont pas celles d'un influenceur. Pas besoin d'être pomponnée 24/7 pour faire une belle photo.
- ✶ Prévois des posts sur les coulisses de ta vie.
- ✶ Trouve un filtre que tu aimes. Moi, j'ai choisi un filtre VSCO que j'ai personnalisé.
- ✶ Respecte les gens et, quoi qu'il arrive, reste gentil.
- ✶ Sois toi-même et fais-toi plaisir !

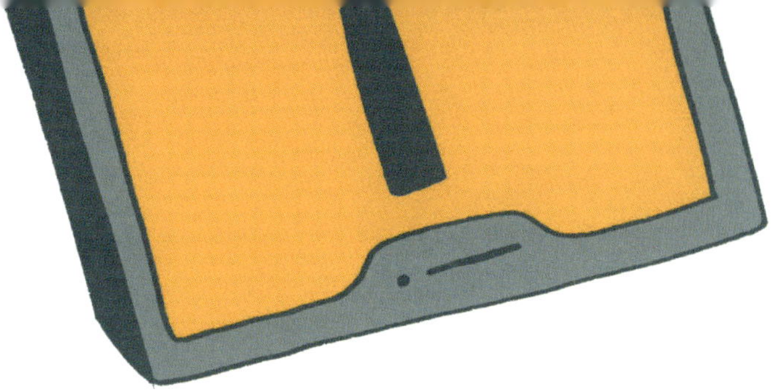

LE PETIT MOT DE CHARLI

J'ai plusieurs coques de téléphones que j'adore, dont des coques batteries. Je ne peux absolument pas sortir sans mon téléphone chargé !

QUE CE SOIT DANS LA « VRAIE VIE » OU EN LIGNE, N'ESSAIE JAMAIS D'ÊTRE QUELQU'UN D'AUTRE. CE SERAIT FACILE DE ME FABRIQUER UNE AUTRE IDENTITÉ EN LIGNE, MAIS JE SUIS QUI JE SUIS, ET ÇA NE CHANGE PAS, PEU IMPORTE QUE JE DISCUTE AVEC DIXIE OU QUE JE PUBLIE SUR LES RÉSEAUX !

RESTER MOI-MÊME

Il n'y a qu'une seule personne comme toi, et rappelle-toi : tu n'as pas à être davantage !

TOUT CE QUE JE FAIS EST AUTHENTIQUE : C'EST JUSTE MOI.

Comme je l'ai dit, pour la plupart de mes photos, j'utilise un filtre VSCO personnalisé. Voici mon secret :

* AL3 : jusqu'en haut
* Exposition : - 1,7
* Contraste : - 1,1
* Saturation : + 0,3
* Ton chair : - 0,9

CONSEIL DE PRO !

Ne t'inquiète pas si tu n'as pas d'équipement sophistiqué pour photographier. La moitié du temps, j'utilise une bouteille d'eau ou un rouleau d'essuie-tout que j'ai sous la main pour servir de trépied à mon téléphone. Amuse-toi, simplement, sois dans l'instant présent, et cela transparaîtra dans ton post !

Les gens pensent me connaître, et BOUM, je fais quelque chose qu'ils n'auraient pas pensé. J'aime laisser les gens dans l'incertitude.

JE SUIS IMPRÉVISIBLE !

J'ai rencontré ma meilleure amie dans un cours de danse, quand j'avais douze ans. Nous ne fréquentions pas la même école, ni rien, mais quand nous nous sommes rencontrées, ça a matché tout de suite, et depuis, nous sommes les meilleures amies du monde ! On ne peut jamais savoir où l'on rencontrera la personne qui pourrait finalement devenir notre meilleur ami !

Quelle a été ta manière la plus étrange de rencontrer un ami ?

J'ESPÈRE QUE LES GENS VERRONT QUE J'AI UNE VRAIE PERSONNALITÉ ET QUE JE NE SUIS PAS JUSTE UNE FILLE QUI DANSE SUR L'ÉCRAN DE TON TÉLÉPHONE.

C'EST DIT !

Je ne partage pas beaucoup de choses sur moi en ligne, et souvent, les gens me posent les mêmes questions pour savoir comment je suis arrivée là où je suis aujourd'hui. Généralement, je ne m'étends pas sur le passé, et mes amis sont comme moi : nous vivons plutôt au présent. Donc ce livre est une façon de partager davantage de choses personnelles avec toi !

MOI !

C'EST DIT !

Mon style est franchement normal, mais avec des trucs du genre « Mon chien est mon seul ami » : super, super bizarre. Si tu regardes mon compte Twitter, tu ne me verras probablement jamais de la même manière !

SOIS CRÉATIF

Généralement, quand je publie sur TikTok, le type de contenu que je crée dépend de mon humeur ou de l'ambiance du jour. Parfois, je me mets au défi de savoir ce dont je suis capable !

TU PEUX ÊTRE CRÉATIF DE DIFFÉRENTES MANIÈRES. IL Y A MILLE ET UNE FAÇONS DE FAIRE ! CERTAINES PERSONNES AIMENT PRÉVOIR LES CHOSES ; D'AUTRES, COMME MOI, PRÉFÈRENT AGIR À L'INSTINCT. EXPRIME TA CRÉATIVITÉ COMME TU LE SENS.

SI TU CHERCHES À ÊTRE CRÉATIF :

- Écoute ton énergie, agis en accord avec toi-même.
- Dès que tu as envie de faire quelque chose, agis en conséquence.
- Relève le défi et mets-toi au travail !
- Amuse-toi, simplement, et sois gentil ! On m'a appris à être quelqu'un de sympa. Ça joue vraiment beaucoup.

ÉCOUTE TON ÉNERGIE

RESTE CRÉATIF

FIXE-TOI DES DÉFIS

AMUSE-TOI !

LE PETIT MOT DE CHARLI

J'ai du mal à choisir ma couleur préférée, parce que je ne veux pas le faire au détriment des autres.

SOIS RÉALISTE

Qui je suis me semble naturel, maintenant. Les temps changent : moi aussi. Je grandirai. Mais pour l'instant, je suis heureuse, et tout changement, j'espère, sera positif.

C'EST DIT !

Mes parents ont leur propre compte sur les réseaux sociaux : ils publient d'anciennes vidéos de notre famille, et j'aime leur présence en ligne. TikTok est très divertissant : tu peux poster absolument tout ce que tu veux. Mes parents ne m'embêtent pas, mais je garde un œil sur leurs comptes juste au cas où. ☺

MORE

COLLAB

J'aimerais collaborer avec
Emma Chamberlain ou Madison Beer !
Quels seraient tes partenaires idéaux ?

FAIS DES CHOSES
AVEC TES AMIS

PARTIE 6

OPTIMISER MON TEMPS

LE PETIT MOT DE CHARLI

Mes passe-temps favoris:

Faire des vidéos de danse est vraiment très marrant, mais parfois, j'ai juste envie d'appuyer sur Pause. Des choses toutes simples suffisent à me faire du bien : une glace, une douche chaude ou une tasse de café. J'adore aussi me faire les ongles, câliner mes chiens et utiliser des masques visages. Des choses simples : il n'y a vraiment pas besoin de plus !

SE FAIRE PLAISIR

Quelles choses fais-tu régulièrement pour te chouchouter ?

____

____

____

____

____

____

____

____

____

LE PETIT MOT DE CHARLI

Mes films et mes émissions de TV préférés:

LE GRINCH

LE CHAT CHAPEAUTÉ

ESTHER

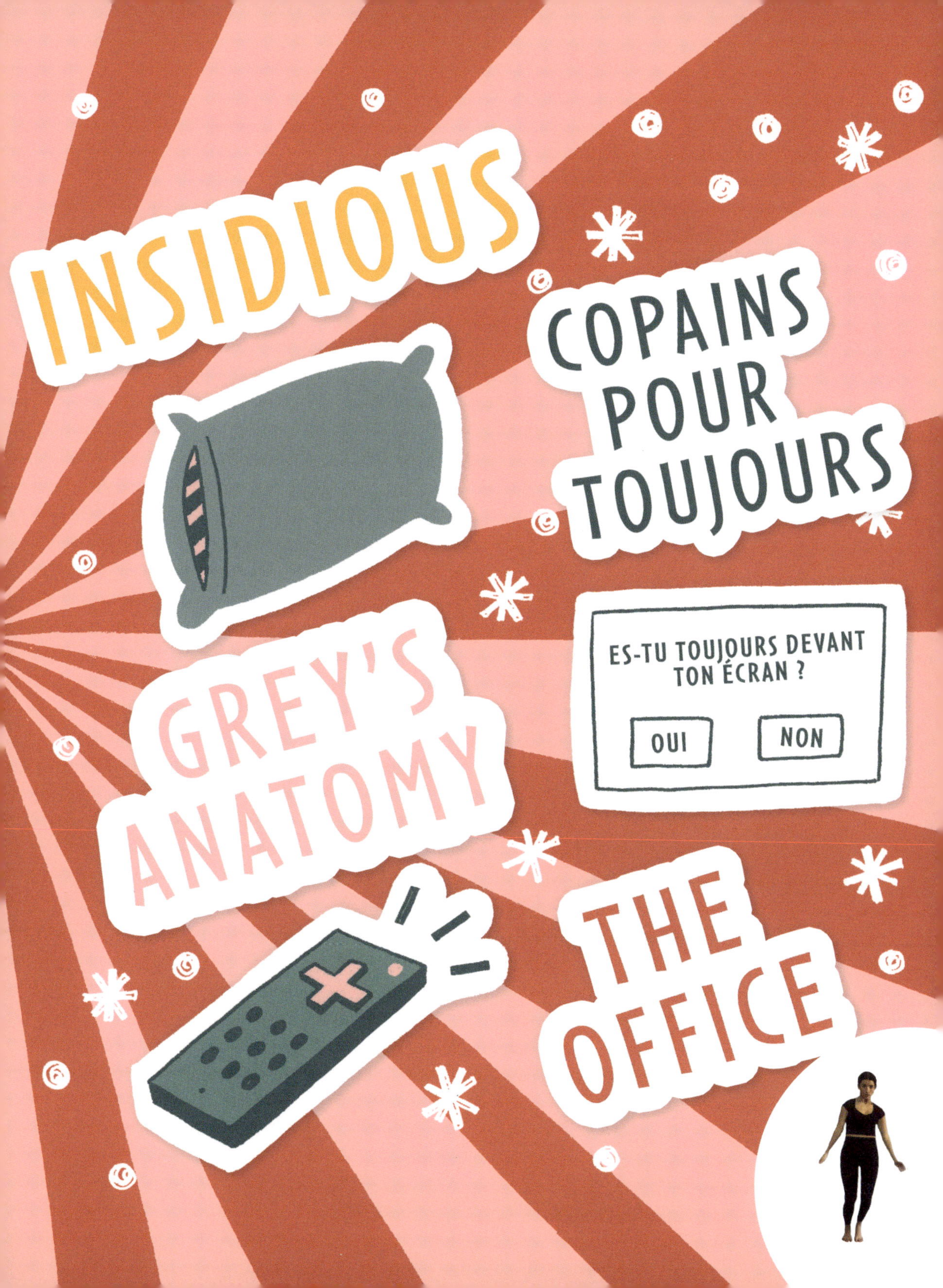
INSIDIOUS
COPAINS POUR TOUJOURS
GREY'S ANATOMY
ES-TU TOUJOURS DEVANT TON ÉCRAN ?
OUI
NON
THE OFFICE

MIAM

LE PETIT MOT DE CHARLI

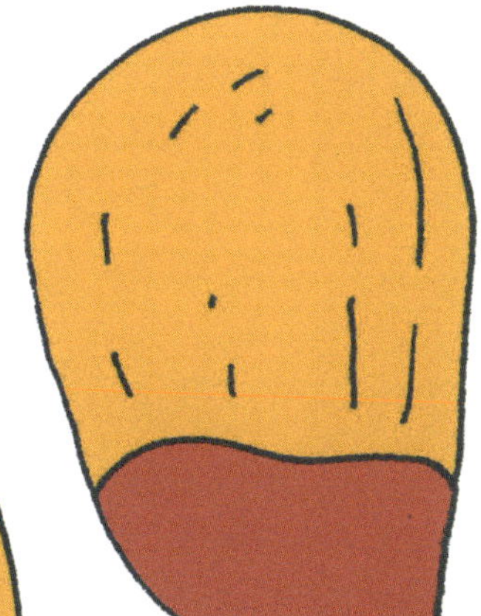

Si je pouvais choisir un aliment pour la vie, ce serait des nuggets au poulet. Peu importe l'origine!

LIBERTÉ
DE CRÉATION
PÂTISSERIE=
BONHEUR

Mon principe de base : j'ai besoin d'une liberté de création maximale, sinon, ce que je fais n'aura pas l'air vrai.

Dans l'onglet Explorer d'Instagram, j'ai trouvé des gens qui préparaient des plats ou desserts gastronomiques. J'*adore* regarder les personnes qui cuisinent. Certains chefs ont un talent fou ! J'aimerais vraiment acquérir leur niveau, mais je ne suis pas sûre de pouvoir. J'essaie de faire de la pâtisserie, mais j'ai l'impression de rater même les choses simples. Je m'entraîne pour m'améliorer !

LE PETIT MOT DE CHARLI

Mes douceurs préférées sont les meringues à la vanille ou les gâteaux à la crème glacée.

PARTIE 7

LA FAMILLE

C'EST DIT !

Je ne sais pas bien, encore, quel type de famille je souhaiterai fonder. Des enfants ? Des chiens ? Les deux ? En fait, j'hésite un peu entre les deux : lesquels réclament le plus de travail ? Je demande beaucoup de travail, alors si j'ai un enfant comme moi, ce sera juste... euh... ☺

ÉQUIPE

LE PETIT MOT DE CHARLI

Dans notre maison, c'est ma chambre que je préfère. Pour nous amuser, mes amis et moi passons régulièrement du temps les uns chez les autres.

Peu de gens supporteraient aussi bien que ma famille ma folle aventure. C'est vraiment génial qu'elle soit si ouverte à tout ce qui m'arrive. Nous avons toujours été très proches, et elle me soutient à 100 % quand les réseaux sociaux ou mes amis me lâchent. Je suis très reconnaissante à ma famille d'être toujours derrière moi dans cette histoire.

Toute ma famille aime vraiment
les glaces, et nous adorons regarder
des films ensemble. Qu'est-ce qui
rapproche les membres de ta famille ?
Qu'aimez-vous faire ensemble ?

TEMPS EN FAMILLE

Ça n'a jamais été le truc de mes parents de me dire comment m'habiller, car les vêtements expriment notre personnalité, et il est important de porter ce qui nous fait plaisir.

LA FAMILLE

Mes parents sont top de me laisser m'exprimer comme je l'entends.

FAMILLE

DIXIE ET MOI SOMMES TRÈS PROCHES, DE VRAIES BONNES AMIES. NOUS SOMMES COMPLÈTEMENT DIFFÉRENTES, MAIS NOUS ENTENDONS SUPER BIEN :

* Je suis réservée, elle est plus démonstrative.
* Elle est grande, je suis plus petite.
* Elle est sportive, je suis super féminine.
* Nous n'avons pas du tout le même sens de l'humour. Le mien est sarcastique : je suis pince-sans-rire, et tu ne peux jamais savoir absolument si je plaisante ou pas. Celui de Dixie est tout à fait dans le style des milléniaux.

SŒURS

PETITE

GRANDE

GIRLY

MÊME REINE

SPORTIVE

Un comportement que nous avons en commun ? Quand nous nous ennuyons, Dixie et moi adorons les mèmes délirants. Et nous sommes toutes les deux originales. ☺

J'appelle mes grands-mères MaMa et Nett. MaMa habite dans le Connecticut, et Nett en Louisiane. Je ne vais pas voir Nett très souvent, mais à chaque fois, c'est formidable. J'ai des grands-mères de rêve, et elles cuisinent toutes les deux vraiment bien. MaMa est très branchée italien, donc ses spécialités sont toutes sortes de pâtes, les escalopes de poulet panées et la purée de pommes de terre. Nett, elle, fait de la cuisine cajun, principalement du riz et des sauces. Nett est ma grand-mère maternelle, et MaMa ma grand-mère paternelle.

Je suis proche de mes deux grands-mères.

FAMILLE LOVE

Lesquels de tes plats préférés ta famille a-t-elle l'habitude de cuisiner ? Que te rappellent-ils ?

JE SUIS UNE BONNE COMPILATION DES CARACTÉRISTIQUES DE MES PARENTS.

Pour tout ce qui est lié aux émotions, je demande conseil à maman. Avec papa, je parle des problèmes qu'il peut m'aider à surmonter. Tous deux m'aident quand j'ai un souci : tout dépend juste de la nature de celui-ci. Avec mon père, c'est plus du genre : « Oh, Dixie a cassé mon ordinateur, je suis fâchée et en colère, et je ne sais pas quoi faire. » Alors papa répare tout. Avec ma mère, ça concerne plus des choses comme mes relations avec mes amis et mes ruptures amoureuses.

FAMILLE FUN !

LES D'AMELIO

À qui t'adresses-tu quand tu as besoin d'un conseil, et quand ? Te rappelles-tu une fois où un membre de ta famille t'a épaulé quand tu étais coincé ?

FAM

Je suis très reconnaissante à mes parents d'être prêts à me soutenir quoi que je décide de faire !

SOUTIEN DE CHOC

PARTIE 8

LES RELATIONS

Qu'elles soient amicales, amoureuses ou familiales, les relations sont magnifiques, surprenantes et parfois difficiles. J'ai la chance d'avoir une famille forte qui me soutient : mes parents, Dixie, mes chiens et ma famille élargie. J'ai aussi eu la chance de vivre des millions de moments sympas et délirants avec des amis et des moments exquis avec des petits copains.

Mais ça n'a pas toujours été facile ! Je me suis quelquefois disputée avec des amis. Heureusement, nous sommes tous très prêts à résoudre les conflits. Dans certains cas, mes amis et moi nous sommes éloignés au fil du temps. (C'est dans l'ordre des choses quand on grandit.) La mort de mon grand-père a été très difficile pour moi. Et... disons que toutes les expériences amoureuses ne se valent pas. Ce serait vraiment facile de baisser les bras dans les moments douloureux. Mais je sais que l'amour est ce qui donne de la valeur à la vie, plus que toute autre chose. Alors je continue de faire face et de me démener.

JE N'OUVRE PAS MON CŒUR À N'IMPORTE QUI, ET JE NE BÂTIRAI JAMAIS DE MURS AUTOUR.

Qu'elles se terminent bien ou mal, les relations nous permettent d'apprendre beaucoup de choses sur nous-mêmes. Mes anciennes expériences en la matière m'ont énormément appris sur moi en général, et la façon dont elles ont évolué m'a rendue plus forte.

C'EST QUAND JE SUIS ENTOURÉE DE GENS QUI SEMBLENT VRAIMENT M'ACCEPTER À 100 % COMME JE SUIS QUE JE ME SENS LA PLUS HEUREUSE.

Avoir une relation exposée publiquement sur les réseaux sociaux n'est pas toujours facile, parce que si elle prend fin, les gens s'estiment en droit de connaître les moindres petits détails. Cependant, il faut laisser à chacun le temps et l'espace nécessaires pour gérer les hauts et les bas d'une relation en privé. C'est ce que j'ai essayé de faire par le passé, et ça m'a réellement aidée à m'en remettre et en sortir plus forte.

LES RELATIONS SONT FONDÉES SUR LA CONFIANCE ET L'HONNÊTETÉ.

Je fais totalement confiance à ma sœur Dixie. Nous nous disons tout, et comme elle est plus âgée, elle me donne généralement de bons conseils.

C'EST DIT !

Reconnaître ses erreurs est l'une des meilleures manières de construire des relations saines.

SI TU M'EXPLIQUES FRANCHEMENT QUE JE T'AI BLESSÉ – MÊME SANS LE FAIRE EXPRÈS –, JE T'ÉCOUTERAI ET TE RESPECTERAI TOUJOURS. UNE VÉRITABLE AMIE FAIT ATTENTION AU BIEN-ÊTRE DES AUTRES.

C'EST DIT !

Le mensonge est ce que je déteste le plus au monde. La pire chose que je puisse ressentir est de savoir que quelqu'un me ment. Et comme je sais à quel point ça fait mal, je m'efforce de ne jamais mentir. Si j'échoue et si je mens *malgré tout*, je me sens obligée de l'avouer. D'abord, je me sens mal : j'ai plus mauvaise conscience que jamais et déteste l'idée d'avoir blessé quelqu'un. Ensuite, la vérité finit toujours par se savoir, donc autant reconnaître ses erreurs !

CONSEILS AUX CŒURS BRISÉS :

* Redémarrer est souvent plus facile qu'on ne le redoute. Sois courageux et, à la fin, tu te sentiras 100 % mieux.
* Rappelle-toi qu'il n'y a manifestement aucun intérêt à maintenir une relation si tu t'aperçois que la personne n'est pas faite pour toi.
* Si quelqu'un ne te traite pas correctement et si, au fond de toi, tu sais que tu mérites plus de considération et d'égards, c'est que cette relation ne vaut pas la peine.
* Plus une relation dure, plus il est difficile d'en sortir.

FAIS-TOI
CONFIANCE

LE PETIT MOT DE CHARLI

Mes parfums de glace préférés sont la vanille et la pâte de cookies aux pépites de chocolat.

Qu'elle soit amicale, amoureuse ou autre, si tu es dans une relation qui ne te rend pas heureux, aie le courage d'y mettre un terme dès que tu peux. Si tu ne te sens pas bien et pas toi-même avec quelqu'un, il est important de quitter la personne. Plus tu maintiendras cette relation, plus elle te détruira, mais en plus, en ayant le courage de l'arrêter, tu te sentiras vraiment plus fort et gagneras confiance en toi. Si tu as l'impression que c'est trop dur, répète juste ce mantra : *sois plus courageux que tu ne l'as jamais été*. Tu peux y arriver ! J'ai réussi, et je suis maintenant plus heureuse que jamais.

TOXIQUE

Autre chose : au début de toute amitié ou relation, écoute ton instinct. Parfois, je parle avec un nouvel ami et ressens de mauvaises ondes. Du genre : *non, cette personne n'a pas à cœur que je sois bien*. Il m'a fallu un peu d'expérience, mais désormais, je sais écouter attentivement ma petite voix intérieure et je fais toujours confiance à ce qu'elle me dit. Cela réclame beaucoup de courage de se détourner de quelque chose qui n'est pas bon pour soi.

NO BAD VIBES

C'EST DIT !

Je ne suis en adoration devant aucune célébrité : je n'ai jamais été du genre fan.

YOU'RE LOVED

C'est toujours en tournant le dos aux relations toxiques et en cherchant du soutien auprès de ma famille et de mes amis proches que j'ai pu commencer à me remettre. N'oublie pas : il y a des gens qui t'aiment.

Qu'est-ce qui t'a permis de te sentir mieux après une rupture amoureuse ou l'arrêt d'une relation amicale ? Comment t'es-tu reconstruit ensuite ?

MES PARENTS SONT SI HEUREUX ET UNIS QU'ILS ILLUSTRENT REMARQUABLEMENT CE QUE J'ATTENDS D'UNE RELATION.

MAMAN ET PAPA

MES MODÈLES

Mes parents se sont mariés quand ils avaient une vingtaine d'années. Ils se sont rencontrés à New York, où papa vivait. Maman habitait en Louisiane et a déménagé à New York. Elle était coach personnel dans une salle de sport, où un ami de mon père l'a rencontrée. C'est grâce à lui que mes parents se sont connus. Ce sont les plus mignons.

PARTIE 9

DANS LA LUMIÈRE

J'ADORE MA VIE, MAIS DE TEMPS EN TEMPS, J'AI ENVIE D'APPUYER SUR PAUSE.

Ensuite, je réalise à quel point ma vie s'est améliorée. Je danse et publie pour m'amuser… et ça m'amuse encore aujourd'hui. Bien que certains commentaires désagréables puissent être blessants, je les envisage comme des opportunités de devenir plus forte.

Cette aventure m'a fait connaître un nombre fou de choses incroyables, mais même sans mes followers en ligne, je continuerais à me filmer en train de danser. Je ferais exactement la même chose qu'actuellement, car ce que je recherche, ce n'est pas l'attention, mais faire ce que j'aime.

Et exactement comme tout le monde, quand j'en ai marre d'être à l'écran, je peux prendre du temps pour m'isoler et recharger mes batteries.

**ÉCOUTE-TOI ET,
À CHAQUE INSTANT,
TIENS COMPTE DE CE
DONT TU AS BESOIN.**

DÉCONNEXION

Quand ressens-tu le plus le besoin de déconnecter ?

La question qu'on me pose le plus est « Comment tout ça est-il arrivé ? » Je vous dirais si je savais, mais en vérité, je n'en ai aucune idée !

C'EST DIT !

Je suis très très timide. Quand des gens me rencontrent, ils réagissent toujours de la même manière, genre « Ouahou, tu es beaucoup plus timide que je pensais ! » Mais une fois que je suis plus à l'aise avec eux, je deviens très expansive.

RENCONTRER JENNIFER LOPEZ AU SUPER BOWL ÉTAIT FOU.

Tout semblait irréel : c'était comme un gigantesque rêve, comme si j'allais me réveiller et que tout redeviendrait normal.

Quand j'ai rencontré Jennifer, je n'étais même pas capable de réfléchir correctement. Je ne pouvais carrément pas réfléchir du tout ! Elle était du genre : « Hé, j'espère que tu as aimé notre danse ! » Elle m'a dit que ses filles me regardaient en ligne. Quand Jennifer a dansé, c'était de la folie : elle est tellement douée ! Elle était super normale quand je l'ai rencontrée et vraiment absolument adorable et authentique à tous les égards. Ça m'a fait vraiment plaisir de voir ça.

OWNCELEBRATION
15
drew

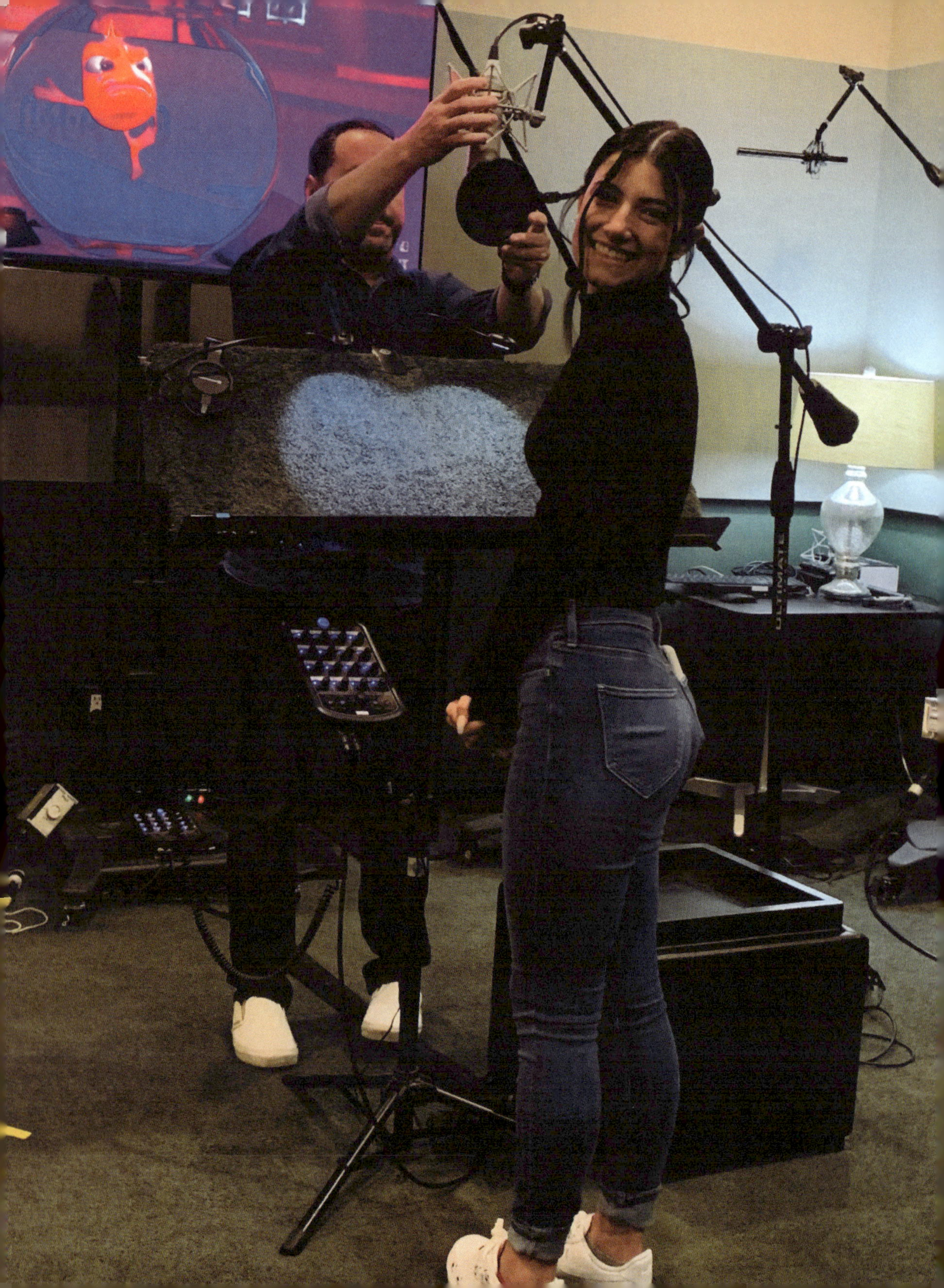
ULTIMATE

C'EST DIT !

J'adorerais être actrice, un jour. J'ai déjà fait une voix off pour *Stardog et Turbocat*. Ça m'a plu, et j'aimerais recommencer.

C'est difficile de savoir quels seront mes prochains grands rêves, car danser avec Jennifer Lopez faisait partie de ceux que j'avais depuis une éternité, et je ne croyais pas qu'il se réaliserait si vite ! Je ne suis pas sûre de ce qui va suivre, mais j'aurai quelque chose en tête.

Quels sont les plus grands rêves que tu aimerais réaliser ? Avec quelle personne dans le monde aurais-tu le plus envie de passer un moment ?

Quand j'ai participé à *The Tonight Show Starring Jimmy Fallon*, je n'étais pas particulièrement stressée, mais là encore, je me demandais grâce à qui je me retrouvais dans cette émission ! Jimmy a été extra, super gentil, et nous nous sommes très bien entendus. Mon intervention dans l'émission a été très facile, et tous mes interlocuteurs étaient authentiques et agréables à côtoyer. À mon avis, c'est la meilleure façon de choisir ses collaborateurs : il faut toujours que ça nous semble naturel et facile.

COULISSES !

LIVE KELLY AND RYAN

Mon interview pour *Live with Kelly and Ryan* a été la première fois de l'histoire où il n'y avait pas de public en présentiel, et ma participation à *The Tonight Show Starring Jimmy Fallon* a été la dernière fois avant la pandémie du coronavirus où l'émission s'est déroulée en public. Ça a été une expérience complètement dingue.

J'adore cette robe que je portais pendant l'émission : je me sentais tellement bien dedans !

C'EST DIT !

Quand j'ai été la première personne à avoir cinquante millions de followers sur TikTok, ça a été bizarre, très bizarre. À ce moment-là, je dormais !

L'émission *Jingle Ball 2019* de iHeartRadio a été ma première expérience de tapis rouge ! C'était à Madison Square Garden, à New York, et j'y ai vu plusieurs de mes artistes préférés : Lizzo, Taylor Swift, Halsey et plein d'autres ! Dixie et moi étions habillées en noir : j'avais mis un jeans avec un haut noir et gris à paillettes, et elle, une brassière en peau de serpent avec un pantalon taille haute en cuir. Ça a été mouvementé et incroyable du début à la fin.

SO FUN!

LE PETIT MOT DE CHARLI

Je peux chanter mon alphabet à l'envers.

Q: Quel est l'aspect vraiment difficile quand on est sur un réseau social?

R: Les commentaires et les propos haineux que je reçois parfois. L'un des commentaires les plus frustrants que j'ai est: « Pourquoi as-tu une telle médiatisation? » Qu'est-ce que j'en sais? Je n'ai pas choisi de déclencher tout ça: c'est arrivé, c'est tout. J'essaie de gérer au mieux et de me concentrer sur les commentaires positifs.

PARTIE 10

LA CONTREPARTIE

QUELQUES MOTS SUR LE HARCÈLEMENT :

Quand tout ça a commencé, j'avais tendance à réagir très vite pour me défendre. Ensuite, j'ai réalisé que plein de gens écrivaient des commentaires et faisaient des vidéos sur moi, et que je ne pouvais pas répondre à tous ni changer l'opinion de ceux qui cherchaient une raison de me détester.

Beaucoup de gens disent des choses fausses sur moi. Parfois, c'est difficile de ne pas réagir négativement tellement ça fait mal. Je ne connais toujours pas la meilleure manière de gérer ça, mais je peux au moins donner ce conseil : ne pas trop consulter les commentaires. En fait, il faut même essayer de les regarder le moins possible. Comme disent mes parents, « nous ne connaissons pas ces gens négatifs, donc il est inutile de gaspiller du temps et de l'énergie pour eux. »

Ce qui me fait le plus plaisir, je crois, c'est quand des gens me disent qu'ils ont repris la danse grâce à moi ou que je les ai aidés d'une manière ou d'une autre. Savoir que mon action sert à certaines personnes rend tout le négatif sans importance.

Dixie et moi sommes partenaires de l'UNICEF dans une campagne contre le harcèlement. Nous voulions absolument véhiculer des messages importants : que les gens doivent être gentils, que le harcèlement fait très mal et qu'il est inacceptable.

LE HARCÈLEMENT EST TERRIBLEMENT RÉPANDU SUR INTERNET.

Même avant que je sois en ligne, les gens n'étaient pas sympas. Il faut s'entourer des bonnes personnes, et je voudrais aider les autres à les trouver.

SOIS BIEN ENTOURÉ

J'ai fait des erreurs de parcours… mais comme tout le monde. J'ai appris et grandi grâce à ces expériences, et je veux que mon évolution personnelle serve aux autres au maximum. C'est tellement agréable de pouvoir aider les gens un tant soit peu, même si c'est juste par un sourire ou une parole gentille. Il y a tant de choses que je voudrais faire ! J'avance étape par étape et j'espère pouvoir faire le maximum pour apporter quelques changements dans ce monde.

MES GRANDS ENGAGEMENTS:

COMBATTRE LE HARCÈLEMENT

DROITS DES ANIMAUX

CHANGER QUELQUE CHOSE

CHANGER DES CHOSES

**Pour quelles grandes causes
te passionnes-tu le plus ?
Comment pourrais-tu contribuer
à changer quelque chose dans ton entourage
ou à une plus grande échelle ?**

SI JE POUVAIS RÉSOUDRE UN PROBLÈME DANS LE MONDE, CE SERAIT LA SÉCURITÉ. J'AIMERAIS QUE CHACUN PUISSE SE SENTIR EN SÉCURITÉ OÙ QU'IL SOIT ET QUOI QU'IL FASSE.

C'EST DIT !

Je choisis des projets qui véhiculent un message positif et sont en accord avec mes valeurs. Si c'est quelque chose de bien, j'ai envie de le partager avec le monde entier.

Radio Disney

LE PETIT MOT DE CHARLI

Si je pouvais faire un vœu, ce serait que tous les gentils du monde occupent une position dominante et qu'ils diffusent leur bienveillance à grande échelle. Je crois au karma à 100 %.

C'EST GÉNIAL DE ME RETROUVER AVEC UNE PLATE-FORME POUR SERVIR DE MODÈLE !

TU VAUX LE COUP

J'aime partager les choses qui me tiennent à cœur avec mes followers. J'espère surtout amener les gens qui se sentent rejetés ou n'ont pas confiance en eux à se convaincre qu'ils sont aimés et appréciés pour ce qu'ils sont.

J'ESSAIE DE MONTRER AUX GENS QU'ILS ONT DE LA VALEUR, PEU IMPORTE QUI ILS SONT.

Donne et sois le meilleur de toi-même, et tout ira bien.

GENTIL

POSITIF

UN BON MODÈLE EST QUELQU'UN D'ASSEZ COURAGEUX POUR DIRE LA VÉRITÉ ET TOUJOURS PRÊT À TIRER LES GENS VERS LE HAUT.

COURAGEUX

BIENVEILLANT

SYMPA
GÉNÉREUX
UNIQUE
HONNÊTE

REMERCIEMENTS

À ma mère et mon père, ma sœur Dixie et mes amis : merci d'être toujours là dès que j'ai besoin de vous. Je ne pourrais pas imaginer vivre cette folle aventure sans votre aide.

À l'équipe Charli : merci à chaque membre de mon équipe de me soutenir et de m'avoir aidée à réaliser des rêves que je ne pensais même pas avoir !

Un merci spécial à Brandi Bowles de la United Talent Agency et à Anne Heltzel, Amy Vreeland et Jessica Gotz de Abrams Books pour m'avoir guidée et conseillée dans la création de mon premier livre.

Merci à Steph Stilwell pour les illustrations et la conception graphique, et à Brenda Angelilli pour la direction artistique de ce livre épatant, qui reflète parfaitement mon style.

Merci à tous les photographes extraordinaires qui ont fourni les photos de ce livre : Zusha Goldin (40, 49), Jordan Matter (60), Lance Sanchez (70, 84), Jake Doolittle (73, 75), Daniel Diamond (98, 116, 125, 128, 131, 140) et Bryant Eslava (110).

MERCI
L'ÉQUIPE !

BISOUS,
CHARLI
DANSE
!